KB003381

HOWL

AND OTHER POEMS

ALLEN GINSBERG

울부짖음 그리고 또 다른 시들

앨런 긴즈버그 지음
김목인, 김미라 옮김

앨런 긴즈버그(Allen Ginsberg, 1926-1997)

미국의 시인. '비트 세대'의 대표 작가. 1956년에 발표한 시 〈울부짖음〉을 통해 동세대가 느끼는 정서를 파격적 에너지로 표출해 새 시대의 도래를 알리는 기폭제 역할을 했다. 1960년대 이후 반문화의 물결 속에서 활발히 사회 운동에 참여했으며, 록 뮤지션이나 각국의 지도자들과 교류하며 히피 세대의 계관시인 역할을 했다. 평생 산업문명과 검열, 억압과 전쟁에 저항했고, 불교도로서 서구에 동양사상을 전하는데도 기여했다. 그는 비트 세대의 '월트 휘트먼'으로 불리며 현대 미국사회가 잊고 있던 시인의 역할을 일깨웠다고 평가받는다.

김목인

작곡가, 싱어송라이터. 밴드 '캐비넷 싱얼롱즈'와 '집시앤피쉬 오케스트라'의 멤버로도 활동해왔다. 비트세대 작가들에 대한 관심에서 번역을 시작해, 잭 케루악의 책 〈다르마 행려〉를 옮겼다. 음반으로 〈음악가 자신의 노래〉, 〈한 다발의 시선〉 등이 있고, 지은 책으로는 〈내 마음대로 되지 않는 일〉(공저), 〈22세기 사어 수집가〉(공저)가 있다.

김미라

작가, 디자이너, 프로듀서. 어린 시절을 인도 히말라야 산속에서 보냄. 이십 대에는 유럽과 미국을 돌아다니며 고서점과 헌책방, 중세 도서관을 순례한 후 〈책 여행자〉 출간. 한국출판문화산업진흥원 우수출판콘텐츠 저작 수상. 영혼과 영원한 것에 관심이 많으며 이를 찾아가는 여행을 계속하고 있음.

HOWL

AND OTHER POEMS
ALLEN GINSBERG

울부짖음 그리고 또 다른 시들

'떼어내라 문에 걸린 자물쇠를!
떼어내라 문 자체를 아예 문틀로부터!'[1)]

---

1) 월트 휘트먼(Walt Whitman, 1819~1892)의 시 〈풀잎〉의 일부. ('나 자신의 노래' 24부)

The Korean translation rights©2017 3 Chords Co. an imprint of 1984.
Korean translation rights arrangement with THE WYLIE AGENCY (UK)
LTD through 3 Chords Agency Korea.

이 책은 3 Chords와 와일리 에이전시와의 독점계약으로 1984에서 출간되었습니다.
저작권법에 의해 한국 내에서 보호를 받는 저작물이므로 무단전재와 복제를 금합니다.

HOWL

2017년 4월 5일 초판 발행

지은이 앨런 긴즈버그
옮긴이 김목인, 김미라

발행인 전용훈
편 집 장옥희
디자인 도미솔

주소 서울시 마포구 동교로 194 혜원빌딩 1층
전화 02-325-1984
팩스 0303-3445-1984
홈페이지 www.hyewon.co.kr
이메일 master@re1984.com
ISBN 979-11-85042-28-2 03840

「이 도서의 국립중앙도서관 출판예정도서목록(CIP)은 서지정보유통지원시스템 홈페이지
(http://seoji.nl.go.kr)와 국가자료공동목록시스템(http://www.nl.go.kr/kolisnet)에서 이용하실 수
있습니다.(CIP제어번호: CIP2017007651)」

다음 이들에게
바친다

잭 케루악, 미국 산문의 새로운 붓다, 자신이 뱉어낸 번뜩이는 지성을 불어넣어 절반의 세월 동안(1951-1956) 열한 권의 책으로 써냈다—〈길 위에서〉, 〈닐의 비전들〉, 〈삭스 박사〉, 〈봄날의 메리〉, 〈지하 생활자들〉, 〈샌프란시스코 블루스〉, 〈다르마의 일부〉, 〈꿈의 기록〉, 〈깨어나라〉, 〈멕시코시티 블루스〉, 〈제러드의 비전들〉—자연발생적인 비밥 운율과 고전이 되기에 충분한 고유의 문학을 창조해냈다. 〈울부짖음〉의 몇 소절과 제목은 그에게서 빌려온 것이다.

윌리엄 S. 버로스, 〈네이키드 런치〉의 저자, 그 끝없이 이어지는 소설은 모든 이들을 광기로 몰아넣을 것이다.

닐 캐서디, 〈삼분의 일〉의 저자, 그 자서전(1949)은 붓다를 일깨웠다.

이 모든 책들은 천국에서 출간되었다.

목 차

서 문

그도 어리고 나도 좀 더 젊었을 때, 앨런 긴즈버그와 나는 아는 사이였다. 뉴저지 주 패터슨이 고향인 이 어린 시인은 아버지 역시 저명한 시인이었다. 긴즈버그는 몸집이 왜소한데다 정서적으로도 꽤 혼란스러워했는데, 1차 대전 직후의 몇 년을 뉴욕과 그 인근에서 보내며 삶과 맞닥뜨렸기 때문이었던 것 같다. 그는 항상 '어딘가로 떠나려' 했고, 목적지가 어디인지는 문제가 되지 않는 듯했다. 나는 그런 불안한 모습 때문에 그가 성인이 되도록 살아남아 한 권의 시집을 쓰리라고는 상상하지 못했다. 여행을 하고, 계속해서 글을 쓰는 그의 능력이 놀라웠다. 자신의 예술을 꾸준히 발전시키며 완벽하게 다듬어왔다는 점 역시 내겐 신기한 일이다.

15년 혹은 20년이 지난 지금 그는 인상적인 시를 들고 나타났다. 모든 증거들로 보건대 그는 말 그대로 지옥을 지나온 듯하다. 도중에 칼 솔로몬이라는 자를 만났고, 삶의 이빨과 배설물들 한가운데에서 그가 사용한 어휘가 아니라면 결코 묘사할 수 없었을 무언가를 공유했다. 그것은 패배의 울부짖음이다. 하지만 결코 패배가 아닌 것은, 그가 그것을 평범한 경험, 사소한 경험처럼 통과해왔기 때문이다. 우리 삶에서 모두가 패배하더라도 단 한 사람, 그가 긴즈버그라면 그는 패배하지 않는다.

여기 삶으로부터 종이 위로 옮겨진 무시무시한 경험들은 시인 앨런 긴즈버그가 직접 몸으로 뚫고 온 것이다. 놀라운 것은 그가 살아남았다는 점이 아니라 매우 깊숙한 곳에서 자신이 사랑할 수 있는 동료를 발견했다는 점이다. 그리고 그 사랑을 외면하지 않고 이 시를 통해 찬양하고 있다. 뭐니 뭐니 해도 긴즈버그가 우리에게 증명해 보이는 것은 삶이 한 인간에게 안겨줄 수 있는 가장 치욕스런 경험에도 불구하고 사랑은 살아남는다는 것, 그 정신은 우리의 삶에 고상함을 준다는 것이다. 우리에게 재치와 용기, 믿음 그리고 끈질기게 이어지는 예술이 있는 한 말이다!

시라는 예술에 대한 믿음은 이 사내와 함께 손을 잡고 그의 골고다 속으로, 그 시체 안치소에서부터 모든 면에서 비슷한 지난 대전 때의 유대인 시체 안치소까지 갔다. 다만 이것은 우리나라, 우리에게 친숙한 주변에서 일어났던 일들이다. 우리는 눈을 가린 채 어둠 속에서 눈 먼 삶을 살아간다. 시인들의 경우에는 비록 저주받았지만 눈 먼 자들이 아니라, 천사의 눈을 통하여 본다. 긴즈버그는 자신의 시에 담긴 무척이나 사적인 디테일들을 통해 본인이 체험했던 공포 전체와 그 너머를 본다. 그는 무엇 하나 회피하지 않고 최대한 경험한다. 그리고 그것을 받아들여 자신의 것으로 차지한 다음—그러리라 믿는데, 껄껄 웃고, 자신이 선택한 벗을 사랑할 시간과 뻔뻔함을 확보해 잘 빚은 시 안에다 기록한다.

자, 숙녀 여러분, 옷자락을 꼭 쥐십시오. 우리는 이제 지옥으로 떠납니다.

윌리엄 카를로스 윌리엄스 [2]

---

2) William Carlos Williams(1863‐1963), 모더니즘, 이미지즘 계열의 미국 시인. 앨런 긴즈버그의 멘토 역할을 했다.

울부짖음

- 칼 솔로몬[3]을 위하여

I

나는 내 세대 최고의 영혼들이 광기로 파괴되는 것을 보았다. 허기와 신
　　경증으로 헐벗은 채,

스스로를 이끌고 새벽녘 흑인 구역으로 가 분노의 한 방을 찾으러 다니는,
　　천사머리의 힙스터[4]들 밤의 기계 속 별들의 발전기에 그 오랜 천상의
　　접속을 시도하려 훨훨 불타오른다.

그들 가난하고 남루하며, 텅 빈 – 눈으로 약에 취해 냉수만 나오는 아파트의
　　초자연적 어둠 속에 앉아 담배를 피우고 도시 옥상을 떠돌며 재즈를
　　음미하던 자들,

그들 고가철로[5] 밑에서 천상을 향해 뇌를 드러내고 모하멧의 천사들이
　　공동주택 지붕에서 빛에 휩싸여 비틀대는 걸 목격한 자들,

그들 차분하고 빛나는 시선으로 대학가를 지나가며 전쟁 학자들 틈에서
　　환각으로 아칸소와 블레이크[6] – 빛 비극을 본 자들,

그들 정신에 문제가 있어, 음란한 시를 해골의 창문에 발표했다는 이유로
　　학교에서 제적된 자들,

---

3) Carl Solomon(1928-1993), 1949년 정신병원에서 긴즈버그와 만났다. 훗날 시인이자 편집자로 활동.
4) 이 무렵의 힙스터는 비밥 재즈 마니아들로 흑인 연주자들의 옷차림과 말투, 약물 사용을 따라했다.
5) 원문의 'EI'은 맨해튼 고가철로의 애칭으로, 히브리어 '신'과 철자가 같다.
6) William Blake(1757 – 1827), 영국의 시인, 화가. 긴즈버그는 1948년 그의 시를 읽다 그 육성을 듣는 환각을 체험했다.

그들 속옷 차림으로 면도도 안 된 방 안에 웅크려 앉아, 쓰레기통 속의 돈을
태우며 벽 너머 테러에 귀 기울이던 자들,

그들 거웃 수염에 허리에는 마리화나를 차고 라레이도를 지나 뉴욕으로
돌아오다 체포된 자들,

그들 페인트 호텔에서 불을 먹거나 파라다이스 앨리에서 테레빈유를 마
시다 죽거나 매일 밤 자신의 상반신을 연옥에 떠돌게 하던 자들,

꿈으로, 약물로, 맨 정신의 악몽으로 술과 자지와 끝없는 섹스들로,

벌벌 떠는 구름과 번개가 있는 마음속 비길 데 없이 눈 먼 거리에 머물다
일약 캐나다와 패터슨7)의 양대 산맥으로 떠올라, 그 사이에 있는 시
대의 멈춰버린 세계 전체를 일깨운다.

페요테8)로 뻣뻣해진 복도들, 뒤뜰 초록나무 묘지의 새벽, 지붕에서 와인을
취하도록 마셔대기, 가게 앞 약쟁이들의 자치구 폭주, 네온 깜빡임,
밀린 차들의 불빛, 해와 달과 으르렁대는 겨울 해 질 녘 브루클린
나무들의 떨림, 쓰레기통에서 고함지르기, 자애로운 왕 마음의 빛,

그들 자기 몸을 지하철에 쇠사슬로 묶고 벤제드린9)에 취해 배터리에서
성스런 브롱크스까지 끝도 없이 가려다 바퀴와 아이들의 소음에 벌벌
떨며 밖으로 끌려나와, 입은 찢기고 두들겨 맞아 뇌는 암울해지고
동물원의 따분한 불빛 아래 모든 총명함이 고갈되어버린 자들,

---

7) 패터슨은 긴즈버그의 고향. 캐나다는 동료작가 잭 케루악 부모의 고향.
8) 페요테 선인장에서 채취한 환각성분.
9) 각성제 암페타민의 상품명.

그들 빅포드[10]의 잠수함 불빛 아래 밤새 잠겨 있다 떠올라 황량한 푸가지
　　에서 오후 내내 식은 맥주를 마시고, 수소 주크박스에서 나오는
　　종말의 굉음을 들은 자들,

그들 쉴 새 없이 칠십 시간씩 떠들며 공원에서 아파트로 술집으로 벨뷰[11]로
　　박물관으로 브루클린 다리로 걸어간 자들,

플라토닉한 대화에 능한 고립된 부대원들이 현관을 향해 뛰어 내린다. 비상
　　계단에서 창틀에서 엠파이어스테이트 빌딩에서 달에서,

수다를 떨고 비명을 지르고 토하고 속삭인다. 사실과 기억들 일화들 안구의
　　경련[12]들 병원과 감옥과 전쟁의 충격들,

지성인들 전체가 번뜩이는 눈으로 완벽한 기억력을 동원해 칠일 밤낮
　　동안 과거를 게워냈으니, 시나고그[13]에 올릴 고기가 도로 위에 던져져
　　있도다.

그들 어디에도 존재하지 않는 선禪 뉴저지로 사라진 뒤 애틀랜틱시티 청사
　　사진이 담긴 엽서들로 모호한 흔적을 남긴 자들,

동양식 땀과 탕헤르식 뼈-갈기, 중국식 편두통으로 괴로워하며 뉴와크의
　　음울한 가구들이 있는 방에서 약물 금단 증상에 시달린다.

그들 어디로 갈지 궁금해 하며 한밤의 철도 조차장 주위를 거닐고 또
　　거닐다 떠난 뒤 그 어떤 마음의 상처도 남기지 않은 자들,

---

10) 빅포드와 푸가지 둘 다 뉴욕에 있던 식당과 바 이름.
11) 정신병자들을 수용했던 뉴욕의 공립병원.
12) 긴즈버그가 만든 용어로 다른 장면으로 갑자기 시선을 돌릴 때 눈이 떨리는 현상을 뜻한다.
13) 유대교 성전. 회당.

그들 담배를 피워 물고 화물칸 화물칸 화물칸 안에서 선조들의 밤 고독한
　　농장들을 향해 시끌벅적 눈길을 뚫고 달려간 자들,

그들 플로티누스[14]와 포우 십자가의 성 요한과 텔레파시와 비밥 카발라[15]
　　를 공부한 자들, 캔자스에 있었을 때 우주가 그들의 발치에서 본능
　　적으로 진동했기 때문이다.

그들 아이다호의 거리를 쓸쓸히 배회하며 예지력 있는 인디언 천사들을
　　찾아다녔지만 자신들이 바로 예지력 있는 인디언 천사들이었던 자들,

그들 볼티모어가 초자연적 황홀경 속에서 희미하게 빛나자 그저 자신이
　　미친 거라고 생각했던 자들,

그들 겨울 밤 시내의 불빛과 작은 읍내에 내리는 비에 자극받아 오클라호
　　마에서 온 중국인과 함께 리무진에 올라탔던 자들,

그들 허기와 외로움으로 휴스턴을 배회하며 재즈와 섹스, 혹은 수프를 찾
　　다가 똑똑한 스페인 친구 하나를 따라가 아메리카와 영원에 대해
　　이야기해봤지만, 부질없는 일, 결국 아프리카행 배에 오른 자들,

그들 덩가리[16] 차림의 그림자 말고는 아무것도 남기지 않은 채 멕시코의
　　화산으로 사라졌지만 그 시의 용암과 재는 시카고의 벽난로에
　　뿌려진 자들,

그들 서부 해안에 수염과 반바지 차림으로 다시 나타나 F.B.I.를 조사하며
　　평화주의자다운 커다란 눈과 섹시하고 그을린 피부로 알 수 없는
　　전단지를 배포하던 자들,

---

14) Plotinus(205?~270), 고대 후기 그리스의 철학자.
15) 유대교의 밀교, 신비주의.
16) 미 해군이 주로 입던 데님의 일종.

그들 마약성 담배로 정신을 혼미하게 만든 자본주의에 항의하는 의미로
　　자기 팔에 담배빵을 한 자들,

그들 유니온 스퀘어에서 통곡하며 알몸으로 초공산주의 팸플릿을 나눠주던
　　자들, 그동안 로스 알라모스[17]의 사이렌이 크게 울부짖어 그들을
　　무너뜨렸고, 벽도 무너뜨렸고, 스태튼 섬의 페리호 또한 울부짖었다.

그들 하얀 체육관에서 발가벗고 좌절해 울며 다른 해골들의 기계 앞에 벌벌
　　떨던 자들,

그들 직접 개발한 과감한 조제법과 남색 약물중독 말고는 죄가 없다며 형사
　　들의 목을 깨물고 호송차 안에서 기쁨의 비명을 질러대던 자들,

그들 지하철에서 무릎을 꿇고 울부짖다 생식기와 원고들을 덜렁이며 지붕
　　밖으로 끌려나간 자들,

그들 성자 같은 모터사이클 운전자들이 엉덩이에 박아대도록 내버려 둔 채
　　환희의 비명을 지르던 자들,

그들 인간 세라핌[18]인 선원들과 오럴 섹스를 나눈 자들, 대서양과 카리브해식
　　사랑의 애무,

그들 아침이든 저녁이든 장미정원이든 공원이든 묘지든 누가 오든 누가
　　올지 모르든 정액을 자유로이 뿌려대며 섹스를 벌이던 자들,

---

17) 최초의 원자폭탄이 제조된 미국 뉴멕시코 주의 도시.
18) 가톨릭에서 최고의 지위에 있는 천사들.

그들 킥킥 웃어보려고 무한히 딸꾹질을 하다 터키탕 칸막이 뒤에서 흐느껴버린 자들, 그때 금발에 알몸의 천사가 칼로 그들을 찌르러 다가왔다.

그들 자신이 사랑하는 사내들을 운명을 관장하는 말 많은 여자 셋[19]에게 잃어버린 자들, 외눈박이 여자 하나는 이성애자 화폐 다른 외눈박이 여자는 태어나자마자 윙크를 했고 또 다른 외눈박이 여자는 그저 퍼질러 앉아 장인의 베틀에 걸린 지성의 금빛 실을 싹둑 잘라 버리는 것 말곤 하는 일이 없었다.

그들 맥주 한 병에 애인 한 명 담배 한 갑과 촛불 하나로 황홀하고 만족 모를 섹스를 나누다 침대에서 굴러떨어져, 벽을 원초적 음부의 비전으로 칠할 때까지 바닥으로 복도로 계속 섹스를 이어가다 의식이라는 마지막 정액만 교묘히 남기고 사정해버린 자들,

그들 해 질 녘 몸을 떨며 수백만 처자들의 질을 달달하게 만들던 자들, 아침이면 눈이 벌겠지만 동틀 무렵의 질 역시 달달하게 해줄 준비가 되어 있었다. 헛간 아래에서 빛나던 젖가슴들과 호숫가의 나체들,

그들 수없이 훔친 밤 — 차를 몰고 콜로라도로 오입질을 하러 갔던 자들, N.C.[20], 이 시의 숨은 영웅, 난봉꾼이자 덴버의 아도니스—기뻐하라, 그가 공터와 간이식당 뒤뜰에서 사랑을 나누었던 무수한 여인들의 추억이여, 영화관의 흔들리는 좌석에서도, 산꼭대기에서도 동굴에서도 했다. 비쩍 마른 웨이트리스와는 친숙한 길가에서 적적한 속치마를 들어 올렸고 특별한 경우엔 은밀한 주유소 화장실에서도 유아唯我론을 펼쳤다. 그리고 고향 뒷골목에서도,

---

19) 그리스 로마 신화의 모이라이 자매를 패러디한 것. 세 명은 각각 운명의 실을 잣고, 실로 옷감을 짜고, 짠 옷감을 자르는 일을 한다.
20) Neal Cassady(1926-1968), 비트 작가 잭 케루악이 쓴 〈길 위에서〉의 실제 주인공.

그들 엄청나게 칙칙한 영화들 속으로 페이드아웃 된 뒤, 꿈속에서 이동해, 갑작스레 깨어보니 맨해튼인 자들, 지하에서 잔혹한 토케이 와인의 숙취와 3번 애브뉴의 무시무시한 강철 꿈에 시달리다 기운을 차리고 비틀대며 고용센터로 간다.

그들 눈 쌓인 부두 위로 밤새 피가 흥건한 신발을 신고 걸어가며 이스트 강변의 증기열과 아편으로 자욱한 방 한 군데가 문 열길 기다리던 자들,

그들 허드슨 강 가파른 - 둔치 아파트에서 위대한 자살극을 창조했던 자들, 전쟁 중의 파랗고 고르게 비추던 달빛 아래 그들의 머리에는 망각과 함께 월계관이 씌워지리라.

그들 머릿속으로 상상해낸 양고기 스튜를 먹거나 바우어리 가 강바닥 진흙에서 게를 소화시켰던 자들,

그들 자신의 쇼핑카트에 양파와 나쁜 음악을 가득 실은 채 거리의 로맨스에 눈물 흘리던 자들,

그들 다리 밑 어두운 박스 안에 앉아 숨을 쉬다가, 자신의 다락방에서 하프시코드를 제작하겠다고 벌떡 일어난 자들,

그들 할렘에 있는 건물 6층에서 기침을 하다 결핵 걸린 하늘 아래 신학의
오렌지 궤짝들에 둘러싸여 불타는 왕관을 수여받은 자들,

그들 밤새 뛰고 구르며 위대한 주문을 써내려갔지만 노란 아침이 되어
횡설수설한 시 몇 편만 건진 자들,

그들 썩은 동물의 폐와 심장 발 꼬리 보르쉬 수프[21]와 토르티야를 요리하며
순수한 채식 왕국을 꿈꾸던 자들,

그들 달걀 하나를 찾겠다고 고기 트럭 밑으로 몸을 굽히고 들어갔던 자들,

그들 시간을 벗어난 영원에 투표하겠다며 지붕 위에서 손목시계를 던져
버린 자들, 알람시계는 그 후 십 년 동안 매일 그들의 머리 위로 떨어
졌다.

그들 자기 손목을 연이어 세 번 긋고도 실패하자, 포기하고 억지로 골동품
가게를 개업했지만 스스로가 늙어가고 있다는 생각에 울어버린 자들,

그들 매디슨 애브뉴의 빗발치는 납덩이 시와 만땅 취한 강철 패션 연대의
절그럭대는 소리, 광고업계 게이들의 니트로글리세린[22] 비명과 사
악하고 머리 좋은 편집자들의 겨자 가스 그 안에서 순결한 플란넬
셔츠를 입고 산 채로 불태워졌거나 절대적 실제의 음주운전 택시에
들이받힌 자들,

---

21) 비트로 붉은 색을 내는 러시아, 폴란드 지방의 수프.
22) 다이너마이트의 주성분.

그들 브루클린 다리에서 뛰어내렸던 자들, 이것은 실제 있었던 사건으로 그들은 아무도 모르게 잊힌 채 차이나타운 수프 골목의 유령 같은 화려함과 소방차들 틈으로 사라졌고, 공짜 맥주 한 병조차 없었다.

그들 창틀에서 절망의 노래를 부르다 지하철 창밖으로 추락해, 불결한 퍼세익 강으로 뛰어내린 다음, 흑인구역으로 도약해 온 시내를 울고 돌아다니며, 깨진 와인 잔 위에서 맨발에 고주망태로 춤을 추다 향수 어린 유럽 1930년대의 독일 재즈 음반이 위스키 곡[23]을 마치자 신음하며 지독한 화장실로 던져 올려져, 귀에서 신음과 엄청난 기적 소리의 폭발음을 들었던 자들,

그들 과거의 고속도로를 질주하며 서로의 자동차광 - 골고타와 교도소의 - 고독한 불침번 혹은 버밍햄[24] 재즈의 화신을 돌아보았던 자들,

그들 차를 몰고 칠십이 시간씩 대륙을 가로지르며 내게 비전이 있는지 너에게 비전이 있는지 혹은 그에게 비전이 있는지 영원이 무엇인지 알아내려 했던 자들,

그들 덴버[25]로 여행을 떠났던 자들, 덴버에서 죽은 자들, 덴버로 다시 와 헛되이 기다렸던 자들, 덴버만 바라보며 끙끙대다 고독해진 자들, 결국 시대를 탐구하러 떠난 자들, 이제 덴버는 자신의 영웅들 때문에 쓸쓸하다.

---

23) 쿠르트 바일(Kurt Weil)이 쓴 〈앨라배마 송(Alabama Song)〉의 후렴구를 암시한다.
24) 재즈의 본고장인 앨라배마 주의 최대 도시.
25) 비트 세대 작가들의 본거지 중 한 곳이자 닐 캐서디가 살았던 곳.

그들 희망 없는 성당 안에 무릎을 꿇고 엎어져 서로의 구원과 빛과 가슴들을 위해 기도하던 자들, 영혼이 아주 잠깐 동안 그 털끝이라도 깨달을 때까지,

그들 교도소에서 자신의 영혼을 뚫고 들어가 머리는 금빛에 가슴에는 현실의 매력을 지닌 불가능한 범죄자를 기다리며 알카트레즈[26]에게 달콤한 블루스를 불러준 자들,

그들 취미를 가꾸러 멕시코로, 다정한 붓다를 만나러 록키마운트로, 소년들을 만나러 탕헤르로, 시커먼 기관차들을 보러 서던패시픽으로, 나르시스를 만나러 하버드로, 데이지 화환이나 무덤을 보러 우드론 공동묘지로 은퇴해버린 자들,

그들 최면술 라디오를 고발하겠다며 온전한 정신의 재판을 요구했다가 자신의 정신이상과 양 손 그리고 불일치 배심원단과 함께 남겨진 자들,

그들 뉴욕시립대 다다이즘 강좌에서 감자 샐러드를 던진 뒤 나중에 정신병원의 화강암 계단 위에 머리를 빡빡 밀고 나타나 자살을 암시하는 어릿광대 같은 일장연설로 즉각적인 전두엽 절제술을 요구했던 자들,

그러나 그 대신 받은 것은 인슐린과 메트라졸 전기요법 물요법 심리치료와 작업치료 탁구와 기억상실 그로 인해 생긴 콘크리트와도 같은 공허함,

그들은 유머를 잃은 채 항의의 의미로 상징적인 탁구대 하나를 뒤집어 엎었지만, 긴장증 때문에 잠시 쉬었다.

---

26) 샌프란시스코 앞바다의 섬에 있었던 교도소.

몇 년 뒤 피 묻은 가발을 빼면 진정한 대머리가 되어 돌아왔는데 눈물에,
   손가락들에, 동부 정신병원 단지의 암울한 병동에서 온 정신병자의
   몰골이 확연했다.
필그림 주립병원과 로클랜드 그레이스톤의 악취 나는 복도들, 영혼의
   메아리와 말다툼을 벌이고, 한밤중 고독 - 의자나 사랑의 고인돌 - 나라
   에서 치고 뒹굴고, 삶에 대한 꿈에, 악몽에 몸뚱이는 달처럼 묵직한
   돌덩이로 변해버렸다.
엄마도 결국 *****27). 마지막 환상적인 책은 공동주택 창문에 내걸렸고,
   마지막 문은 새벽 4시에 닫혔고, 마지막 전화는 대답 대신 벽에 내
   팽개쳐졌고, 가구가 있던 마지막 방은 영혼의 가구 하나까지 비워졌
   으며, 노란 종이 장미는 옷장 안 철사옷걸이 위에 뒤틀려 있었다. 그런
   이미지들조차 환각 속의 작고 희망적인 일부에 지나지 않았다 —
아, 칼, 네가 안전하지 않는 한 나도 안전하지 않다. 게다가 넌 지금 실제로
   시간의 동물 모둠 수프 속에 빠져 있다 —
그래서 이제 그들이 얼음장 같은 거리로 뛰어나갔다. 생략과 나열과 운율
   떨리는 평면을 활용한 연금술이 가져다줄 갑작스런 섬광에 집착하며,

---

27) 작가에 의하면 의도적으로 단어 'fucked'를 감춘 것이다.

그들은 꿈을 꾼 뒤 병렬된 이미지들로 시공간에 구체적인 간극을 만들어
　　냈고, 영혼의 대천사를 2개의 시각적 이미지 사이에다 붙잡았으며,
　　기본적인 동사들을 결합시키고 명사와 의식의 대쉬를 바싹 붙여 파테르
　　옴니포텐스 아이테르나 데우스[28]의 감각과 함께 도약하도록 했다.
빈약한 인간 산문의 통사구조와 표준을 재창조한 뒤 그대들 앞에 지적으로
　　말없이 서서 수줍음에 몸을 흔들었으며, 비록 반려되었으나 자신의
　　적나라하고 무한한 두뇌에 담긴 생각의 리듬에 맞춰 영혼을 모조리
　　고백해냈다.
우리 시대의 광기 어린 행려와 천사 비트족들, 누가 알겠느냐만 죽음
　　이후에 다가올 시간에 할 말이 남아 있을지 몰라 여기에 적어둔다.
이제 장미는 밴드 관악기들의 그림자 속에서 재즈의 유령 같은 옷을 걸치고
　　환생했다. 그리고 아메리카가 발가벗은 마음으로 사랑을 하느라 겪는
　　고통을 힘껏 엘리 엘리 라마 라마 사박타니[29] 색소폰 울음 속으로
　　불어넣었으니 최후의 라디오 하나까지 도시들을 전율시켰다.
더불어 인생이라는 시의 완벽한 심장을 그들 자신의 몸에서 도려내어
　　천 년은 먹기 좋게 해두었다.

---

28) 라틴어로 '전능하고 영원한 아버지인 신.'
29) 예수가 십자가에 못 박혀 한 말. 아람어로 '주여, 주여, 왜 저를 버리시나이까.'라는 뜻.

II

웬 시멘트와 알루미늄으로 된 스핑크스가 그들의 두개골을 깨부수고
두뇌와 상상력을 먹어치웠는가?

몰록[30]! 고독! 쓰레기! 추악함! 재떨이들과 손에 쥘 수 없는 달러들! 계단
밑에서 비명을 지르는 아이들! 군대에서 흐느끼는 사내들! 공원에서
눈물짓는 노인들!

몰록! 몰록! 몰록의 악몽! 사랑 없는 몰록! 정신병자 몰록! 몰록은 인간의
가혹한 재판관!

몰록 이해할 수 없는 감옥! 몰록 해골 마크의 영혼 없는 교도소과 슬픔의
국회! 몰록 그것의 건물들이 곧 심판이다! 몰록 거대한 전쟁 기념비!
몰록 망연자실한 정부!

몰록 그것의 영혼은 순수한 기계다! 몰록 그것의 핏속엔 돈이 흐른다!
몰록 그것의 손가락은 열 개의 군대! 몰록 그것의 가슴은 식인 발전기!
몰록 그것의 귀는 연기 나는 무덤!

몰록 그것의 눈은 천 개의 가려진 창문이다! 몰록 그것의 마천루는 영원한
여호와들처럼 긴 거리에 서 있다! 몰록 그것의 공장들은 안개 속에서
꿈꾸고 꽥꽥댄다! 몰록 그것의 굴뚝과 안테나가 도시를 뒤덮고 있다!

---

30) 고대 셈족이 섬기던 신. 어린이를 제물로 바친다.

몰록 그것의 사랑은 무한한 석유와 돌덩이들이다! 몰록 그것의 영혼은 전기와 은행들이다! 몰록 그것의 빈곤은 천재들의 유령이다! 몰록 그것의 운명은 섹스를 모르는 수소폭탄 구름이다! 몰록 그것의 이름은 정신이다!

몰록 그 안에 난 외로이 앉아 있다! 몰록 그 안에서 난 천사를 꿈꾼다! 몰록 안에서의 광기! 몰록 안에서의 자지 빨기! 몰록 안에서의 애정결핍과 남자 없음!

몰록 그것은 일찍이 내 영혼으로 들어왔다! 몰록 그것 안에서 나는 육체 없는 의식이다! 몰록 그것은 나로 하여금 내 자연스런 황홀경을 겁내게 했다! 몰록 난 너를 버린다! 깨어나라 몰록 안에서! 빛이 하늘로부터 흘러나온다!

몰록! 몰록! 로봇 아파트들! 보이지 않는 교외! 해골 금고들! 눈먼 자본! 악마 같은 산업! 유령 같은 국가들! 천하무적의 정신병원들! 화강암 자지들! 괴물 같은 폭탄들!

그들은 몰록을 천국으로 들어 올리느라 등골이 부러졌다! 도로들, 나무들, 라디오들, 수천 톤의 것들! 도시를 천국으로 들어 올리는 일은 실제로 존재하며 우리 주위 어디에나 있다!

비전들! 징조들! 환각들! 기적들! 황홀경! 모든 것이 떠내려갔다. 미국의 강들로!

꿈! 경배! 깨달음! 종교! 한 배 가득 실은 예민한 헛소리들!

돌파하라! 강 너머로! 거꾸로 매달기와 십자가형! 홍수에 쓸려갔도다!
 황홀경! 에피파니[31]! 절망! 지난 십 년의 동물 같은 비명과 자살! 정신
 들! 새로운 사랑! 광기에 찬 세대! 시대의 바위 위로 가자!
진정으로 거룩한 웃음소리는 강에 있다! 그들은 모든 것을 보았다! 야생의
 눈! 거룩한 함성! 그들은 작별을 고했다! 지붕에서 뛰어내렸다!
 고독을 향해! 손을 흔들며! 꽃을 들고! 저 강으로! 저 거리로!

---

31) 신의 존재나 진실이 일상 속에 잠시 모습을 드러내는 것.

III

칼 솔로몬! 내가 너와 함께 있다 로클랜드[32]에
    그곳에서 넌 나보다도 더 미쳐 있다
내가 너와 함께 있다 로클랜드에
    그곳에서 넌 분명히 몹시 낯설어 하고 있을 것이다
내가 너와 함께 있다 로클랜드에
    그곳에서 넌 내 어머니의 그림자를 흉내 내고 있다
내가 너와 함께 있다 로클랜드에
    그곳에서 넌 너의 비서 열두 명을 살해했다
내가 너와 함께 있다 로클랜드에
    그곳에서 넌 이 보이지 않는 유머에 웃고 있다
내가 너와 함께 있다 로클랜드에
    그곳에서 우린 똑같이 거지같은 타자기 앞에 앉은 위대한 작가다
내가 너와 함께 있다 로클랜드에
    그곳에서 네 상태는 심각해졌고 라디오에까지 보도되었다
내가 너와 함께 있다 로클랜드에
    그곳에서 네 두개골의 수용능력은 더 이상 감각의 벌레들을 받아들일
    수 없게 되었다
내가 너와 함께 있다 로클랜드에
    그곳에서 너는 유티카[33] 노처녀의 젖가슴에서 나온 차를 마신다
내가 너와 함께 있다 로클랜드에
    그곳에서 넌 브롱크스의 하르퓌아[34]들인 네 간호사들의 몸을 보며
    말장난을 한다

---

32) 뉴욕 주의 정신병원.
33) 뉴욕주 중부의 도시.
34) 그리스 로마 신화에 나오는 괴물. 주로 여자의 얼굴을 한 새로 약탈하고 낚아채가는 존재.

내가 너와 함께 있다 로클랜드에

그곳에서 네가 구속복을 입은 채 비명을 지르고 있는 바람에 심연에서
벌이던 실제의 탁구 경기는 내가 이기고 있다

내가 너와 함께 있다 로클랜드에

그곳에서 넌 정신병에 걸린 피아노를 두들겼다 그 피아노의 영혼은
순수하고 영원하다 무장한 정신병원에서 그렇게 비참히 죽도록 내버려
두어선 안 된다

내가 너와 함께 있다 로클랜드에

그곳에서 오십 차례의 충격요법을 추가로 받는 바람에 네 영혼은 네
몸뚱이로 다시 돌아오지 않은 채 허공에서 계속 십자가를 향해 순례
할 것이다

내가 너와 함께 있다 로클랜드에

그곳에서 넌 의사들을 정신 이상으로 고발하고 파시스트인 국제
골고타에 대항할 유태인 사회주의 혁명을 모의한다

내가 너와 함께 있다 로클랜드에

그곳에서 넌 롱아일랜드의 상공을 반으로 가를 것이고 초인의 무덤
으로부터 네 살아있는 인간 예수를 부활시킬 것이다

내가 너와 함께 있다 로클랜드에

그곳은 이만오천 명의 미친 동지들이 다 함께 인터내셔널가[35]의 마지
막 소절을 부르는 곳이다

---

35) 사회주의의 상징적 노래이자 옛 소련의 국가.

내가 너와 함께 있다 로클랜드에

그곳 침대시트 밑에서 우리는 미합중국을 안아도 주고 키스도 해주지만 미합중국은 밤새 기침을 하며 우리를 잠 한숨 못 자게 할 것이다

내가 너와 함께 있다 로클랜드에

그곳에서 우린 화들짝 놀라 혼수상태에서 깨어날 것이다 천사 같은 폭탄을 떨구러 온 우리 고유한 영혼의 항공기가 지붕 위에서 굉음을 낼 것이고 병원은 스스로 깨달음에 이를 것이다 상상의 벽이 무너진다 오 깡마른 군단이 저 바깥에서 달려간다 오 별들이 − 촘촘히 박혀 있는 자비의 충격 영원한 전쟁이 여기 있다 오 승리여 네 속옷 따위는 잊어라 우린 자유다

내가 너와 함께 있다 로클랜드에

내 꿈속에서 너는 바다를 여행하느라 물을 뚝뚝 흘리고 있었고 눈물에 젖은 채 미 횡단 고속도로를 지나오고 있었다 서부의 밤 나의 오두막 문을 향해

1955 − 1956년, 샌프란시스코

울부짖음에 대한 주석

거룩! 거룩! 거룩! 거룩! 거룩! 거룩! 거룩! 거룩! 거룩!
　　거룩! 거룩! 거룩! 거룩! 거룩! 거룩!
세상은 거룩하다! 영혼은 거룩하다! 피부도 거룩하다!
　　코도 거룩하다! 혀와 성기와 손과 항문도 거룩하다!
모든 것이 거룩하다! 모두가 거룩하다! 모든 곳이 거룩하다! 매일이 영원
　　안에 있고! 모든 이가 천사다!
행려들이 세라핌처럼 거룩하고! 정신병자도 거룩하다! 너와 내 영혼이
　　거룩하듯!
타자기도 거룩하고 시도 거룩하며 목소리도 거룩하고 듣는 이도 거룩하다!
　　황홀경도 거룩하다!
거룩한 피터[36] 거룩한 앨런 거룩한 솔로몬 거룩한 루시엔 거룩한 케루악
　　거룩한 헝키 거룩한 버로스 거룩한 캐서디 거룩하다 이름 모를 기진
　　맥진한 이들과 고통받는 걸인들 거룩하다 흉측한 인간 천사들!
거룩하다 정신병원에 있는 우리 엄마! 거룩하다 캔자스 할아버지들의 성기!
거룩하다 신음하는 색소폰! 거룩하다 비밥 계시록! 거룩하다 재즈밴드
　　마리화나 힙스터 평화와 약물과 드럼들!
거룩하다 고층빌딩과 보도들의 고독! 거룩하다 수백만이 들어찬 구내식
　　당들! 거룩하다 길거리 아래의 불가사의한 눈물의 강들!

---

36) 시인이자 긴즈버그의 평생 동반자였던 피터 오를로브스키(Peter Orlovsky). 나머지 이
름들은 비트 세대의 대표적인 인물, 작가들이다.

거룩하다 고독한 맹신! 거룩하다 중산층의 무수한 양떼! 거룩하다 미친
반역의 목자들! 로스앤젤레스를 자세히 살피는 이들이 바로 로스엔젤
들이다!

거룩한 뉴욕 거룩한 샌프란시스코 거룩한 피오리아와 시애틀 거룩한 파리
거룩한 탕헤르 거룩한 모스크바 거룩한 이스탄불!

거룩한 영원 속의 시간 거룩한 시간 속의 영원 거룩한 우주 속 시계들 거
룩한 사차원 거룩한 제5 인터내셔널[37] 거룩한 몰록의 천사!

거룩한 바다 거룩한 사막 거룩한 철도 거룩한 기관차 거룩한 비전들 거룩한
환각들 거룩한 기적들 거룩한 눈알 거룩한 심연!

거룩하다 용서! 자비! 자선! 믿음! 거룩하다! 우리가 지닌 것! 몸뚱이! 고
통! 너그러운 마음!

거룩하다 초자연적으로 탁월하며 번뜩이는 지성을 갖춘 영혼의 자비로움
이여!

1955년. 버클리

---

37) 사회주의자들의 국제동맹. 제5 인터내셔널은 아직 결성되지 않은 다섯 번째 동맹을 상상
한 것.

캘리포니아의 슈퍼마켓

오늘밤 당신 생각을 얼마나 했는지요. 월트 휘트먼, 나무가 우거진 골목을 걸으며 두통에 자의식에 보름달을 바라봤습니다.

피로하고 허기진 채 이미지 쇼핑도 할 겸 네온이 켜진 청과물 코너 안으로 들어갔죠, 당신의 그 목록[38]들을 상상하면서!

복숭아들과 어스름한 그림자들! 한밤중에 쇼핑하는 가족 전체! 남편들로 가득 찬 통로들! 부인들은 아보카도들 속에, 아기들은 토마토들 속에! 그리고 당신, 가르시아 로르카[39], 거기서 뭘 하고 있던 거죠, 수박 옆에서?

당신을 보았습니다, 월트 휘트먼, 무자식에, 늙고 외로운 구두쇠처럼 냉장고 속 고기들을 쩔러보며 식료품 점원들을 훑어보고 있더군요.

당신이 일일이 물어보는 것도 들었어요: 이 돼지갈비 누가 잡은 거지? 바나나는 얼마야? 자네는 나의 천사인가?

저는 반짝이는 통조림들이 쌓여 있는 코너를 들락거리며 당신 뒤를 밟았고, 매장 감시원들이 제 뒤를 밟는 상상을 했습니다.

우리는 같이 고독한 상상에 잠겨 탁 트인 통로를 성큼성큼 걸었고 아티초크를 맛보거나 온갖 냉동 진미를 챙겼지만, 절대 계산대는 지나치지 않았죠.

---

38) 휘트먼 특유의 길게 나열된 방대한 시어들을 말한다.
39) Federico García Lorca(1898-1936), 스페인의 시인, 극작가.

우린 어디로 가는 거죠, 월트 휘트먼? 한 시간 뒤면 문을 닫을 거라고요. 오늘 밤 당신의 수염이 가리키는 방향은 어디죠?

　(저는 당신의 책을 매만지며 우리의 슈퍼마켓 오디세이를 상상하다 터무니없음을 느낍니다.)

　우리 이 쓸쓸한 거리를 밤새 걷게 되는 건가요? 나무들이 그늘에 그늘을 더하고, 집들도 모두 불을 끄면, 우리 둘 다 외로울 걸요.

　우리 잃어버린 사랑의 아메리카나 꿈꾸며 진입로의 파란 차들을 지나, 쥐죽은 듯한 제 오두막으로 가는 건가요?

　아, 친애하는 아버지여, 회색 수염에, 늙고 고독했던 용기의 스승이시여, 카론[40]이 노 젓기를 멈추고 당신이 안개 낀 강둑에 내려 레테의 검은 강 위로 뗏목이 사라지는 걸 보며 서 계셨을 때 당신의 아메리카는 어떤 모습이었던가요?

1955년, 버클리

---

40) 그리스 로마 신화에서 죽은 자를 피안으로 건네주는 뱃사공.

오르간 음악의 필사

땅콩 유리병 안에 담긴, 전에 부엌에 있던 그 꽃은 볕 쪽에 자리를 잡으려
　　휘어져 있고,
옷장 문은 열려 있었다. 왜냐 내가 썼으니까. 친절하게 자신을 열어둔 채
　　날 기다리고 있었다, 그 주인을.

나는 바닥에 깐 돗자리에 앉아 고통을 느끼기 시작했다. 음악을 들으며,
　　나의 고통, 그것이 내가 노래하고 싶었던 이유였다.
방은 나를 향해 닫혀 있었고, 나는 창조주가 존재를 드러내길 기대했다.
　　회색으로 칠한 벽과 천장을 바라보았다. 그것들이 방을 품고 있었
　　고, 나 역시 품고 있었다.
마치 하늘이 나의 정원을 품고 있듯,
나는 활짝 문을 열었다.

　　장미덩굴이 오두막 기둥을 기어오르고 있었고, 밤의 잎사귀들은 낮이
그들을 놓아둔 자리에 그대로 있었다. 그 자리에서 꽃들이 동물 같은 머
리들을 치켜들었었다.
　　해를 보며 생각에 잠기기 위해

　　과연 내 어휘들로 되돌려주는 게 가능할까? 필사해보겠다는 생각에
광기로 부릅뜬 내 눈만 혹사시키는 건 아닐까?

상냥하게 성장을 추구하는 그 방식, 꽃이 지닌 그 우아한 존재의 욕구들, 그들 틈에 존재한다는 이 황홀경에 가까운 느낌

나의 존재를 목격하는 특권—너 역시 태양을 추구해야 하느니⋯⋯

내 책들이 앞에 쌓여 있다, 내가 읽을 수 있도록

내가 그것들을 놓아둔 공간에 대기하고 있다. 책들은 사라지지 않았다. 시간은 내가 쓸 수 있도록 그 잔재와 질質을 남겨두었다—쌓여 있는 내 어휘들, 내 텍스트들, 내 원고들, 내 사랑들.

나는 갑자기 선명해지는 순간을 경험했다. 사물들의 심장부에서 그 느낌을 보았고, 울면서 정원으로 걸어 나갔다.

밤의 조명 밑에서 붉은 꽃송이들을 보았다. 해는 졌고, 꽃들이 모두 자라 있었다. 순식간에, 그리고 이제 꽃들은 제때 멈추어 기다리고 있었다. 낮의 태양이 돌아와서 뭔가를 줄 때까지⋯⋯.

해 질 녘 꿈에 잠겨서 보았던 그 똑같은 꽃들, 난 충실히 물만 주었었지. 그 꽃들을 얼마나 사랑하는지도 모른 채.

영광스러운 가운데서도 나는 몹시나 외롭다—꽃들이 함께 저 바깥에 있다는 사실만 빼면—나는 위를 올려다보았다—그 덤불 속 빨간 꽃송이들이 맹목적인 사랑으로 기다리며 창틀을 들여다보고 유혹의 손짓을 하고 있었다. 그들의 잎사귀 역시 희망을 품은 채 무언가를 받아들이려 뒤집은 면을 평평하게 하늘로 향하고 있었다—모든 피조물이 뭔가를 받아들이려 열려 있었다—평평한 땅 그 자체가.

음악이 하강곡선을 그린다. 마치 키 크고 구부러진 묵직한 꽃의 줄기처럼. 왜냐 그것도 살아 있어야 하니까. 마지막 한 방울까지 기쁨을 이어가야 하니까.

꽃 속에 사랑이 있는 것처럼 세상은 자기 가슴속에도 사랑이 있음을 안다. 고통 받는 외로운 세상이여.

아버지는 자비로우시다.

전등 소켓이 천장에 투박하게 붙어 있다. 집이 지어졌을 때부터 죽, 거기에 꽂으면 딱인 플러그 하나를 받아들이기 위해, 그리고 지금은 내 축음기를 돌리는데 쓰이고 있다……

옷장 문도 날 위해 열려 있다. 내가 떠난 자리에, 내가 열어둔 뒤로 죽, 친절하게 계속 열려 있다.

부엌에는 문이 없다. 그 텅 빈 입구는 내가 부엌으로 들어가고 싶어 하면 허락할 것이다.

첫 경험을 했던 날을 떠올려본다. H.P.는 자비롭게도 내 동정을 거두었고, 나는 프로빈스타운의 부두에 앉아 있었다. 23세였고, 환희에 차, 하늘에 계신 아버지와 함께 희망으로 들어 올려졌다. 자궁으로 이어지는 문이 내가 들어가고 싶다면 허락하기 위해 열려 있었다.

내가 필요하면 쓸 수 있는 안 쓰는 전기 플러그들이 집안 곳곳에 널려 있다.

부엌 창문도 열려 있다. 바깥공기를 들이려고……

전화기도─연관 지으려니 슬프지만─바닥에 놓여 있다─내겐 그걸 개통할 돈이 없었다─

나는 사람들이 나를 보면 고개를 숙이고 '저 분은 타고난 시인이야, 창조주의 임재하심을 보았대.'라고 말했으면 좋겠다.

　　그러자 창조주는 내 바람을 충족시켜 주려 슬쩍 자신의 임재를 보여 주셨다. 당신을 갈망하는 나를 속이지 않기 위해.

1955년 9월 8일, 버클리

해바라기 경전

나는 양철 바나나 부두의 둑 위로 걸어가 서던패시픽 기관차의 거대한
그림자 밑에 자리 잡고 앉았다. 성냥갑 집들이 늘어선 언덕 위로 지는
해를 보며 울기 위해.
잭 케루악이 내 곁의 녹슬고 망가진 철 기둥 위에 앉아 있었다. 나의 벗,
우리는 똑같은 영혼과 생각들을 지니고 있었고, 암울하고 울적해진
슬픈 – 눈으로, 기계 나무들의 뒤틀린 강철 뿌리들에 에워싸여 있었다.
강 위의 기름 뜬 수면이 붉은 하늘을 비추었고, 태양은 샌프란시스코의
마지막 봉우리 위로 가라앉고 있었고, 강과 산 어디에도 물고기 한
마리, 은자 하나 없었다. 그저 우리들 축축한 – 눈에 늙은 행려처럼
숙취에 전 우리들만이 강둑에 있었다. 지치고 영악해진 채로.
저기 해바라기 좀 봐, 케루악이 중얼거렸다. 죽은 회색의 그림자가 하늘을
배경으로 서 있었다. 사람만큼 큰 키로, 바짝 말라 오래된 톱밥더미
맨 위에 앉아 있었다—
—나는 뭔가에 홀린 듯 뛰어 올라갔다—그것은 나의 첫 해바라기, 블레이
크의 기억들이었다—나의 비전들—할렘
그리고 이스턴 리버의 지옥들, 조스 그리시 샌드위치들로 철컥대는 다리
들, 죽은 아기의 유모차들, 잊혀져 더 이상 쓰이지 않는 시커먼 재생

불능 타이어들, 강둑의 시, 콘돔과 마리화나, 쇠칼, 뭐 하나 녹슬지
않은 것이 없었고, 오로지 축축한 분뇨들과 면도날처럼 날카로운 인
공물들만이 과거로 흘러들고 있었다—

그리고 회색 해바라기가 석양을 등진 채 차분히 앉아 있었으니, 파삭한
암울함과 검댕을 뒤집어쓴 채 눈에는 스모그와 오래된 기관차들의
매연이 끼어 있었다—

게슴츠레하고 가시 돋친 꽃부리는 뭔가에 눌려 낡은 왕관처럼 으스러져
있었고, 얼굴에서는 씨가 떨어져 나와 있고, 머지―않아―이빨마
저―사라질 입은 햇볕의 공기 속에, 태양광마저 흔적 없이 사라지는
그 털 난 머리는 꼭 마른 거미줄 가닥들 같았다.

잎들은 팔처럼 줄기에서 삐져나와 있었고, 톱밥 뿌리로부터 나온 몸짓들,
검은 잔가지에서 떨어져 나온 갈라진 석고조각, 귓속에는 죽은 파리,
불경하며 닳고 닳은 퇴물이 바로 너의 모습이었다. 나의 해바라기 오 나의
영혼, 그때 난 너와 사랑에 빠졌다!

얼룩 때는 어느 누구의 것도 아닌 죽음과 인간 기관차들의 때였다.

그 온통 먼지투성이의 옷, 그 그을린 철도 피부로 된 망사, 그 뺨의 스모그,
그 검고 비참한 눈꺼풀, 그 그을음 묻은 손 혹은 남근 혹은 먼지보다
―더―나쁜 인공 돌기―산업―현대화―너의 광기어린 금관을 더럽
히는 그 모든 문명들―

게다가 그 죽음에 대한 흐릿한 생각들과 윤기 없이 사랑을 잊은 눈과 말
단부 그 아래 시든 뿌리들, 집에서 나온 모래와 톱밥더미 속으로, 고무
달러 지폐들, 기계류의 피부, 쿨럭이고 흐느끼는 자동차의 창자와

내장, 텅 비어 쓸쓸한 깡통과 그들의 녹슨 혓바닥 오오, 또 어디 이름을 더 붙일 수 있을까, 자지 시가 몇 개비의 그을린 재들, 외바퀴 손수레의 음부와 자동차들의 젖가슴, 의자에서 떨어져 나온 닳아빠진 엉덩이들과 발전기의 괄약근들―이 모든 것이

너의 미라화된 뿌리에 엉켜 있었다 ―그리고 너는 거기 석양을 배경으로 내 앞에 서 있었으니, 네 형상 안에 깃든 그 모든 영광이여!

해바라기의 완벽한 아름다움이여! 완벽하고 특별하며 사랑스런 해바라기의 존재여! 넌 감미롭고 자연스런 눈으로 새로 뜬 근사한 달을 바라보며, 산 채로 깨어 흥분하고 있었다. 해 질 녘 그림자와 동틀 무렵의 금빛과 달마다 불어오는 바람에 사로잡힌 채!

얼마나 많은 파리 떼가 너와 네 순결한 때 주위를 윙윙거렸을까? 네가 철도들의 천국과 네 꽃으로서의 영혼을 저주하고 있었을 때?

가련한 죽은 꽃이라고? 언제부터 네가 꽃이었다는 사실을 잊은 거지? 언제부터 네 피부를 보고 스스로가 낡은 기관차의 무력한 때라고 인정해 버린 거지? 기관차의 유령이라고? 한때 왕성하게 미쳐 날뛰던 그 미국 기관차의 망령이며 그림자라고?

너는 기관차였던 적이 없다, 해바라기여, 너는 해바라기였다!

그리고 너 기관차, 너는 기관차다, 날 잊지 말길!

그렇게 난 그 해골 같은 두툼한 해바라기를 거머쥔 채 왕의 지팡이처럼 옆구리에 꼈었다.

그리고 내 영혼에 설교를 전했다. 잭의 영혼에게도, 그것을 들을 누군가 에게도.

─우리는 때 묻은 피부가 아니다. 우리는 무시무시하고 암울한 먼지 투성이의 형상 없는 기관차가 아니다. 우리의 내면은 모두 아름다운 금빛 해바라기다. 우리는 자기 고유의 씨앗과 금빛 털이 난 벌거벗은 성취─몸뚱이들로 축복받았으나 다만 해 질 녘의 검고 광기어린 해바라기의 형상으로 자라났을 뿐이다. 미친 기관차의 그림자 밑에서 우리의 눈에 발견되었으니 강둑의 석양 샌프란시스코의 산들에 둘러싸인 양철 깡통 저녁에 앉아서 보았던 비전.

1955년, 버클리

아메리카

아메리카 난 너에게 모든 걸 주었고 이제 빈털터리지.

아메리카 2달러 27센트 1956년 1월 17일.

내 정신 하나 가눌 수가 없군.

아메리카 언제 우리 인류의 전쟁을 끝낼 거지?

가서 네 핵폭탄하고 씹이나 하라고.

나 기분 안 좋으니 건들지 말고.

나 정신이 좀 멀쩡해질 때까지 시 같은 건 안 쓸 생각이야.

아메리카 언제 좀 천사가 될 거지?

언제 그 옷들 벗어버릴 거야?

언제 무덤을 통해 네 자신을 들여다볼 거지?

언제 네 수백만 트로츠키주의자[41]들만큼 가치 있는 곳이 될 거지?

아메리카 왜 네 도서관들은 눈물로 가득 차 있는 거야?

아메리카 네 계란들 인도에는 언제 보낼 거야[42]?

네 정신 나간 요구라면 이제 진력이 난다고.

난 언제쯤 되어야 슈퍼마켓에 들어가 좀 멀쩡한 얼굴로 필요한 것들을 살
     수 있는 거지?

아메리카 결국 완벽한 것은 너와 나라고 다음 세상이 아니라.

너의 기계들은 나한테 너무나 과해.

너 때문에 성자가 되고 싶어졌다고.

이 논쟁을 해결할 다른 어떤 방식이 분명히 있을 거야.

---

41) 소련의 문제를 우선 해결해야 한다는 스탈린의 입장에 반대해, 완전하고 영구적인 혁명
을 주장했던 사회주의.
42) 1943년 뱅골 대기근으로 3백만 명이 사망했을 때 서구에서 원조에 실패했던 것을 암시한다.

버로스는 탕헤르에 있고 내 생각엔 아무래도 돌아올 것 같지가 않아 불길한
　　일이지.

너란 존재가 원래 불길한 거야, 아니면 이것도 일종의 어떤 지독한 농담인
　　거야?

나 핵심에서 벗어나지 않으려 애쓰고 있다고.

집착을 멈추길 거부하겠어.

아메리카 밀지 마, 나도 내가 뭘 하고 있는지는 아니까.

아메리카 매화꽃들이 지고 있군.

몇 달째 난 신문을 들여다보지도 않았어. 매일매일 누군가 살인죄로 법정에
　　서더군.

아메리카 난 세계산업노동자동맹[43] 생각을 하면 마음이 아파.

아메리카 난 한때 공산주의자였거든 아직 어린아이였을 때, 후회하진 않아.

나는 기회만 나면 마리화나를 피우지.

나는 집구석에 며칠씩이고 틀어박혀 계속 옷장 속에 있는 장미들을 바라봐.

차이나타운에 가는 날은 취해서 일어나지도 못하지.

내가 마음을 먹었으니 이제 좀 시끄러워질걸.

너 내가 마르크스 읽는 걸 봤어야 하는데.

내 정신분석가가 그러는데 자기 생각에는 내가 완벽히 정상이래.

난 주기도문도 안 외울 거야.

나에게는 신비스런 비전과 우주적인 떨림이 있거든.

아메리카 난 너한테 아직 그 얘기도 안 했어. 네가 러시아에서 건너온
　　외삼촌 맥스에게 무슨 짓을 했는지에 대해서 말이야.

지금 너에게 얘기하고 있는 거야.

계속 그렇게 네 감성적인 삶을 타임지가 좌지우지하도록 내버려 둘 거야?

---

43) 1차 대전 때 반전운동을 벌인 것을 빌미로 여러 지도자들이 수감되고 처형당했다.

나도 타임지 중독이지.

매 주마다 읽고 있어.

귀퉁이 구멍가게 앞을 슬그머니 지나가면 그 표지가 매번 날 노려보더군.

난 보통 버클리 공공도서관 지하에서 읽어.

그 잡지는 언제나 내게 책임감에 대해 얘기하더군. 사업가들은 진지해.

　　영화제작자들도 진지하고. 나만 빼고 다들 진지하지.

내가 곧 아메리카란 생각이 떠오르는군.

나 또 내 자신에게 얘기하고 있어.

아시아가 나에게 맞서 성장하고 있지.

나한테는 중국인들 같은 기회가 없었다고.

내 국가자원이나 생각해보는 게 좋겠군.

내 국가자원은 두 개비의 마리화나와 수백만 개의 생식기 시속 1,400마일로
　　달리는 출판할 수 없는 사私문학과 이만오천 개의 정신병원들로
　　구성되지.

난 내 감옥들이나 500개의 태양을 쬐며 내 화분 속에서 사는 소외된 수백
　　만에 대해서는 언급조차 안 했어.

난 프랑스의 사창가를 폐지시켰고, 탕헤르가 그다음이라고.

내 야망은 대통령이 되는 거야, 가톨릭 신자라는 사실에도 불구하고 말
　　이야.[44]

---

44) 1960년에 당선된 존 F. 케네디가 미국의 첫 가톨릭 신자 대통령이다.

아메리카 네 그 멍청한 분위기에서 어떻게 신성한 기도문을 쓰라는 거지?

난 헨리 포드처럼 해나갈 생각이야, 내 시 한 연 한 연도 그 사람 자동차들

　　만큼이나 제각각이거든. 게다가 각기 성별도 다르고 말이야.

아메리카 내 너에게 시들을 한 연당 2,500달러에 팔도록 하지. 네 오래된

　　시들보다 500달러 싸게 쳐주는 거라고.

아메리카 톰 무니[45]를 풀어줘.

아메리카 스페인 반 프랑코파[46]들을 구하라고.

아메리카 사코와 반제티[47]는 죽으면 안 돼.

아메리카 내가 바로 스코츠보로 소년들[48]이라고.

아메리카 내가 일곱 살 때 엄마는 날 데리고 공산당 조직 모임에 가셨어.

　　그곳에선 티켓 한 장당 병아리콩 한 움큼을 팔았는데 한 장이 5센트

　　였지. 연설은 자유였고 다들 천사 같았어. 노동자들에게 온정적이었고

　　모든 게 아주 진실했지. 너는 1835년의 그 모임이 얼마나 좋았었는지

　　모를 거야. 스콧 니어링[49]은 훌륭한 노인이자 진정으로 선한 사람이

　　었고 마더 블루어의 연설은 눈물이 났지. 난 이즈라엘 암터도 본 적이

　　있어 실제로. 다들 틀림없이 간첩들이었겠군.

아메리카 넌 진짜로 전쟁을 원하는 게 아닐 거야.

아메리카 다 그 나쁜 러시아놈들 때문이겠지.

그 러시아놈들 그 러시아놈들 그 중국놈들,

　　또 그 러시아놈들.

---

45) 1916년 샌프란시스코 폭탄 투척 사건 때, 주모자라는 누명을 쓰고 수감되었던 노조 지도자.

46) 스페인 내전으로 권력을 잡은 프랑코 독재정권에 저항하는 사람들.

47) 1927년, 무정부주의자이자 이민자라는 이유로 살인 누명을 쓰고 사형당한 인물들.

48) 1931년 흑인이라는 이유로 백인 여성 강간사건 누명을 쓰고 사형선고를 받았던 소년들.

49) 스콧 니어링, 마더 블루어, 이즈라엘 암터 모두 진보적 경제학자나 사회주의자, 노동운동의 지도자들이었다.

러시아는 우리를 산 채로 잡아먹으려 하고 있어. 러시아의 힘은 미쳤어.
우리의 차고 안에 있는 차들을 몽땅 가져가고 싶어 한다고.

시카고도 차지하고 싶어 해. 붉은 리더스 다이제스트가 필요하다나.
우리의 자동차 공장을 시베리아에 갖다놓고 싶대. 그 거대 관료조직이
우리의 주유소를 운영하다니.

그건 정말 아니지. 우웩, 러시아놈들 인디언에게 글을 가르치겠지. 덩치
크고 시커먼 흑인들을 요구할 거야. 하, 우리 죄다 하루 열여섯 시간씩
일을 시키겠군. 도와줘.

아메리카 이거 꽤 심각한 일이라고.

아메리카 이게 내가 텔레비전을 들여다보고 받은 인상들이야.

아메리카 이거 맞는 거야?

내 일에나 집중하는 게 낫겠군.

참 그건 사실이야. 내가 군대에 가고 싶어 하지 않는다는 것 혹은 정밀부품
공장에서 선반 돌리는 일 따위는 하기 싫다는 것, 어차피 난 근시에
다 사이코패스거든.

아메리카 나도 게이로서 있는 힘을 다하고 있다고.

그레이하운드 수화물 보관소에서

I

그레이하운드 버스[50] 터미널 깊숙한 곳

화물 트럭 위에 말없이 걸터앉아 하늘을 보며 로스앤젤레스 급행이 출발
하길 기다린다.

우체국 지붕 너머의 영원을 걱정하는 밤 시간 시뻘건 다운타운의 천국,

난 안경 너머로 응시하다 몸을 떨며 깨닫는다. 내가 생각에 잠겨 있던 건
영원이 아니라는 것, 우리네 빈곤한 삶도 아니었고, 짜증난 수화물
직원들도 아니었다.

버스를 에워싸고 손을 흔드는 수백만의 훌쩍이는 친지들도 아니었고,

사랑하는 이를 만나러 도시에서 도시로 몰려다니는 수백만의 가련한
인간들도 아니었다.

콜라 자판기 옆에서 거구의 경찰에게 겁에 질려 하소연을 늘어놓는 산
송장 같은 인디언도 아니었고,

지팡이를 짚고 후들거리며 생애 마지막 여행을 떠나는 노부인도 아니었다.

빨간 모자를 쓰고 25센트씩 받으며 박살난 화물 따위는 웃어넘기는 냉소
적인 짐꾼도 아니었고,

무시무시한 꿈들을 둘러보고 있는 나도 아니었으며,

스페이드라는 이름에 콧수염을 기른 흑인 분류 담당자도 아니었다. 그는
감탄할 만한 커다란 손으로 특급 화물 수천 건의 운명을 갈랐다.

---

50) 미국 전역을 운행하는 장거리 고속버스 회사의 이름.

지하실에서 납덩이같은 트렁크와 트렁크 사이를 절뚝이며 오가는 동성애자
　　샘도 아니었고,
신경쇠약으로 고객들에게 겁먹은 미소를 짓고 있는 접수대의 조Joe도
　　아니었으며,
우리가 흉측한 보관대에 짐을 보관해 두는 회녹색 인테리어의 고래 뱃속
　　같은 다락도 아니었다,
앞뒤로 덜컹이며 개봉되길 기다리고 있는 비극으로 가득 찬 수백 개의 여행
　　가방도 아니었고,
분실된 화물들도 아니었으며, 파손된 손잡이들도 아니었고, 사라진 이름
　　표도, 터진 끈과 끊어진 밧줄도, 콘크리트 바닥에서 터져버리는
　　거대한 트렁크들도 아니었다.
최종 단계의 창고에서 밤 속으로 비워진 세일러 백도 아니었다.

II

그럼에도 스페이드는 내게 천사를 떠올리게 했다. 버스에서 짐을 내리고
있는, 파란 작업복에 검은 얼굴 공식적인 천사의 작업모자,
자신의 배로 시커먼 화물이 높게 쌓인 거대한 철마를 밀며,
다락의 노란 전구 밑을 지날 때면 위를 올려다보았고
철로 된 목자의 지팡이를 팔로 높이 떠받들고 있었다.

III

그것은 바로 보관대였다. 난 깨달았다. 점심때면 피로한 발을 풀려고 해
오던 버릇대로 지금 그 트럭 위에 앉아 깨달았다.

그것은 바로 보관대였다. 거대한 목재 선반과 지지대 기둥과 가로대들이
바닥에서 지붕까지 조립된 채 화물들과 뒤섞여 있었다.

—일본에서 온 하얀 금속재 전후 트렁크는 요란한 꽃무늬를 한 채 포트브
래그로 가고 있었고,

멕시코에서 온 녹색 포장지에 보라색 끈으로 묶인 상자는 이름들로 장식된
채 노갈레스로 가고 있었다.

모두 한 방에 유레카로 가는 수백 개의 라디에이터들,

하와이풍 속옷이 들어 있는 궤짝들,

반도 전역에 뿌려진 포스터 묶음들, 새크라멘토로 가는 견과류들,

내파로 가는 안구 하나,

스톡턴으로 가는 사람 혈액이 든 알루미늄 상자,

그리고 칼리스토가로 가는 치아가 든 작고 빨간 소포—

내가 생각에 잠겨 있던 것은 보관대와 그 위에 놓여 있는 이러한 것들
이었다. 일을 그만두기 전날 밤 전등 밑에서 적나라하게 본 것들,

보관대들은 우리의 소지품을 걸어두기 위해, 우리를 한데 모으기 위해,
우주 안에서의 일시적인 이동을 위해 창조된 것이었다.

시간의 금방 무너질 듯한 구조를 세워두기 위한 신의 유일한 방식,

먼 길을 떠나는 가방을 잠시 보관하기 위해, 우리의 짐을 한곳에서 다른
　　곳으로 옮기기 위해
우리를 태워서 다시 집으로 영원으로 마음이 남고 작별의 눈물이 시작되는
　　그곳으로 돌려보낼 버스를 찾기 위해.

IV

한 무더기의 화물이 대륙 횡단 버스가 들어서는 동안 카운터 옆에 놓여
　　있다.
시계는 1956년 5월 9일, 새벽 12시 15분을 가리키고, 초바늘은 계속해서
　　앞으로 움직인다, 빨간 바늘.
내 마지막 버스에 짐을 실을 준비를 한다.―잘 가라, 월넛 크릭에서 리치몬드
　　발레이오를 거쳐 포틀랜드로 퍼시픽 하이웨이로
날렵한 ― 발의 퀵실버[51], 찰나의 신이여.
마지막 짐 하나가 한밤중 외로이 남아 먼지 낀 형광등 높이의 코스트행
　　보관대에서 삐져나와 있다.

그들이 우리에게 준 임금은 살아가기에는 너무나 적었다. 숫자들로 요약
　　된 비극.
이 일은 불쌍한 목자들에게. 나는 공산주의자다.

---

51) 집을 뒤흔들고 가구를 공중에 떠워 내동댕이치는 정령. 성별이 있어 남성은 폴터가이스
트, 여성은 퀵실버라고 부른다.

잘 있거라, 너 그레이하운드 내 무척이나 고생을 했던 곳이여,

난 무릎을 다쳤고 손을 긁혔고 내 가슴 근육을 질膣만큼이나 크게 키웠다.

1956년 5월 9일

아스포델[52]

오 나의 달콤한 장밋빛
　　이룰 수 없는 욕망이여
……얼마나 슬픈가, 광기에
　　문명화된 아스포델을
변화시킬 길이 없으니, 그
　　눈에 보이는 실제를……

게다가 피부의 섬뜩한
　　꽃잎들—그렇게 거실에 누워 있으면
얼마나 영감이 떠오르는지
　　술 취해 벌거벗고
꿈을 꾸며, 전기도
　　끊긴 상태에서……
계속 아스포델의
　　아래쪽 뿌리를 먹는다.
회색빛 운명……

　　세대 속에 뒹군다.
꽃으로 가득한 카우치 위에서
　　그곳이 아든 숲[53]의 둔덕인 듯—
오늘 밤 나의 유일한 장미는 내 자신의
　　누드라는 선물.

1953년 가을

---

52) 수선화의 일종. 그리스 로마 신화에서 '낙원', '축복받은 자들의 섬' 등을 나타낸다.
53) 셰익스피어의 작품에도 자주 등장하는 아름다운 가상의 숲.

노래

세상의 무게가 곧
　　　사랑이다.
고독의 짐을
　　　질 때
불만족의 짐을
　　　질 때

　　　그 무게
우리가 지는 그 무게가
　　　사랑이다.

누가 거부하랴?
　　　꿈속에서
사랑은 몸을
　　　만지고,
생각 속에서
　　　기적을
쌓아올리며,
　　　상상 속에서
괴로워한다.
　　　인간의 모습으로
태어날 때까지—

심장에서 밖을 내다본다.
　　　순수함으로 타오르며―
인생의 짐은
　　　사랑이기에.

그러나 그 무게를 견디는 우리는
　　　고단하고,
그래서 쉬어야 한다.
마지막엔 사랑의
　　　품 안에서,
반드시 사랑의 품 안에서
　　　쉬어야 한다.

사랑 없이는
　　　쉼도 없고,
사랑의 꿈 없이는
　　　잠도
없다―
　　　광기에 차거나 오싹해지거나
천사들 혹은 기계들에
　　　집착할지라도,
마지막 바램은
　　　사랑이다.
―억울해할 수도 없고,
　　　거부할 수도 없다.

거부한다 해도
　　　멈출 수가 없다:

그 무게는 너무나 무겁다.

　　　— 주어야 한다.
아무런 대가없이
　　　마치 사상이
고독 속에서
　　　고독이 극치일 때
그 모든 특별함 속에서
　　　주어지듯이.

따스한 몸들이
　　　어둠 속에서
함께 빛난다.
　　　손이 살의
중심을 향해
　　　움직이고,
피부는 행복에 겨워
　　　떤다.
그리고 영혼이 기쁨에 차
　　　눈동자로 밀려온다 —

그래, 그래,
　　　그것이 바로

내가 원했던 것,

　　내가 언제나 원했던 것,

내가 언제나 바랐던 것,

　　몸으로

되돌아가는 것

　　내가 태어났던 그곳으로.

　　　　　　　1954년, 새너제이

야성의 고아

따분해진 어머니가
아이를 데리고 거닌다.
　　철길 옆으로 강둑으로
─아이는 종적을 감춰버린
　　자동차광의 자식─
아이는 차들을 상상하고
　　꿈속에서 타보기도 한다.

얼마나 외로운가, 그렇게 자란다는 것
　　상상 속 차들과 테리타운의
생기 없는 영혼들 틈에서

　　결국 자기만의
상상으로 창조해낸다.
　　야성이 넘치던 자기 선조의
아름다움을─그가 물려받지
　　못한 신화를.

아이도 훗날 환각으로 자신의 신들을
　　보게 될까? 의문에
휩싸여 깨어나게 될까?
　　광기어린 희미한
기억과 함께?

알아본다는 것—
무언가 자신의 영혼에
     희박한 것을,
꿈에서만 만났던 것을
          —또 다른 삶을 향한
향수.

영혼이 던지는 질문.
     이제 상처 입은 아이들은
상처를 잊어간다.
     그들의 천진함과
— 성기, 십자가
     사랑이 지닌 위대함으로.

그리고 아이 아버지는 비애에 잠겨 있다.
     싸구려 여인숙에서
온통 뒤엉킨 추억과 함께
     수천 마일
멀리, 누군지도 모르고
     예상하지도 못한
젊은 이방인이
     그의 문으로 터덕터덕 다가서고 있다.

1952년 4월 13일, 뉴욕

실재의 배후에서

새너제이의 철도 조차장
　　　난 석유 탱크 앞을
황량히 거닐다
　　　전철원 초소 옆
벤치에 앉았다.

꽃 한 송이가 아스팔트 고속도로의
　　　건초 위에 누워 있었다.
―흉측한 건초 꽃이군
　　　난 생각했다―꽃은
파삭한 검은 줄기에
　　　꽃부리는 누렇게 더러웠고
가시는 딱 예수님 크기의
　　　면류관 모양에, 때 묻고
메마른 중심부 솜털이
　　　일 년 내내
차고 밑을 굴러다니던
　　　다 쓴 면도솔 같았다.

누렇고, 누런 꽃, 그리고
　　　산업의 꽃,
거칠고 뾰족뾰족한 못생긴 꽃,
　　　그럼에도 꽃,

위대한 노란 장미의 형상을
뇌 안에 품고 있으니!
이것이 바로 세계의 꽃이다.

1954년, 새너제이

역자해설

시대의 공기와 목소리

앨런 긴즈버그의 첫 시집인 이 책의 출간년도는 1956년이다. 우리나라는 아직 전쟁의 후유증에서 벗어나지 못했고, 미국은 2차 대전을 끝낸 뒤 다사다난한 1960년대로 접어들기 직전이었다. 미국의 경제는 활기를 띠고 있었지만 소련과의 냉전 때문에 핵전쟁의 공포가 드리워져 있었고, 반공주의 사상 검열이 심했다. 긴즈버그가 〈아메리카〉 같은 시를 쓰는 것 자체가 상당히 도발적인 시대였다.

아직은 록 음악이 대세가 아니라 비밥 재즈가 가장 핫한 음악이었고, 뉴욕의 작가 지망생들은 그들의 재즈 영웅들처럼 혁신적인 글쓰기를 꿈꾸었다. 헤밍웨이와 피츠제럴드 같은 한 세대 위 선배들에게 많은 걸 배웠지만 새로운 시대를 표현하기에는 그들의 글 역시 부족해 보였다. 보헤미안들은 싱거운 낭만주의자들처럼 보였고, 지성인들의 끝없는 냉소는 지루하게 느껴졌다. 시인의 동년배들은 징집 대상에서 슬쩍 빗겨가 전쟁에서 살아남았지만, 어린 시절 부모와 함께 겪은 대공황과 전시체제의 울적한 기억을 갖고 있었다. 사회는 겉으로 평화롭고 풍요로워 보였지만, 정신병원에는 부모와 친구들이 수용되어 있었다.

뉴욕의 대학생들은 돈을 벌려고 종종 선원 일을 했고, 대륙 반대편 서부 해안에서는 동양사상에 대한 관심과 새로운 시 운동의 조짐이 보이고 있었다. 쿠바는 아직 혁명 전이었고, 비틀스가 미국에 상륙하려면 8년, 인류가 달에 가려면 13년이 남아 있었다. 어딘가에서는 15살의 밥 딜런이 '비트 문학'의 세례를 받을 준비를 하고 있었다.

그러나 이 시대가 저절로 〈울부짖음〉을 낳은 것은 아니었다. 다른 시대처럼 1950년대 역시 자신을 충분히 표현하지 못한 채 흘러가고 있었다. 1955년 샌프란시스코의 작은 공간에 모여 이 시를 낭송으로 먼저 접했던 청중들이 놀란 것은 그래서였다. 시대를 다룬 작품이라면 그들도 익히 보아왔지만, 시대가 충분히 표현된다는 것이 어떤 것인지는 처음 깨달았던 것이다. 사람들은 〈울부짖음〉을 통해 비로소 한 세대가 들어본 적 없었던 자신의 강력한 목소리가 있었다는 것, 그것이 뒤늦게 도래했다는 것을 느꼈다. 그 목소리에는 고단했던 시대의 풍경 뿐 아니라 그 안에서 발견해 낸 신성함이 담겨 있었고, 통렬한 폭로와 긍정을 향한 예언이 담겨 있었다. 강렬한 리듬과 에너지로 시대의 무의식을 드러내는 이 목소리를 청중들은 즉시 알아보았다. 그리고 몸으로 '울부짖으며' 환영했다.

다음은 앨런 긴즈버그가 이러한 목소리를 얻게 되기까지의 과정들이다. 그는 시인의 아들로 태어나 영미시의 운율과 호흡을 익혔고, 20대 초반에는 랭보 같은 프랑스 시인들처럼 '견자'의 눈을 가져야 한다고 믿었다. 훗날 '비트 세대'라 불릴 친구들과 뉴욕의 거리에서 경험한 세계는 그에게 새로운 인식을 가져다줄 것만 같았다. 하지만 친구 루시엔 카가 살인죄로 수감되며 그 시기도 끝을 맺게 된다. 긴즈버그도 장물인 차를 얻어 타다 체포되어 정신치료를 조건으로 석방되는 등 우울한 20대를 보냈다.

그의 광기는 차분하고 지적인 성격과 공존했다. 어느 날 윌리엄 블레이크의 시를 읽다 하늘에서 진짜 블레이크의 육성을 듣는 환각을 체험했고, 그 얘기를 하면 어머니처럼 정신병 징후가 있는 것으로 의심을 받을까 봐 그 사실을 숨겼다. 계속하여 고전 시부터 월트 휘트먼, 아폴리네르까지 집요히 연구했으며, 존경하는 시인 윌리엄 카를로스 윌리엄스를 인터뷰한 뒤 자신의 멘토로 삼기도 했다.

그는 뉴욕에서 잡다한 아르바이트를 전전하며, 무명으로 '천국에서만 책을 내고 있는' 동료 작가들의 출판 에이전트 역할을 했다. 산문 영역에서 새로운 목소리를 찾던 친구 케루악과 수없이 편지를 교환했으며, 생사의 한계를 뛰어넘는 통찰력을 얻으려고 멕시코의 마야 유적에서 노숙하기도 했다.

1955년 캘리포니아에서 〈울부짖음〉을 쓰고 낭송하던 때는 그가 잠시 방황을 끝내고 서부에서 쉬고 있을 무렵이었다. 이즈음 그는 인생의 큰 전환기를 맞게 된다. 지난 세월 그가 격렬히 찾아 헤맸던 건 시인으로서의 목소리이기도 했지만, 성소수자로서 자신이 지니고 있는 그늘에 대한 해답이기도 했다. 그의 초기 시들에 의하면, 그는 '스스로를 혐오해 다른 누군가를 사랑할 수 없었고', '자신의 안에서 샘솟는 사랑을 스스로 삼켜야' 했다. 그는 결국 자신을 사랑하기로 결심했고, 그가 영혼을 드러내자 비로소 시의 목소리도 찾아왔다.

신경과민으로 울적했던 청년의 안에서 유머감각과 광기로 번뜩이는 신랄한 영혼이 스스로의 아우라를 드러냈다. 그동안 겪은 모든 체험과 기법은 예언자와도 같은 과감하고 새로운 목소리 안에서 비로소 통합되었다. 그가 자신을 드러낸 결과는 폭발적이었다. 그와 닮은 영혼을 지닌 그의 세대가 사랑으로 화답한 것이다.

이 시집은 앨런 긴즈버그가 이후 40년간 뿜어낼 목소리의 시작점이며, 하나의 영혼이 자신의 목소리를 찾을 때 얼마나 폭발적인 힘을 지니는지 보여주는 증거이다.

울부짖음을 위한 몇 가지 안내

번역에 사용한 책은 CD 정도 크기에 흑백으로만 인쇄된 제품설명서에 가까운 형태이다. 이것은 캘리포니아의 '시티라이츠 서점'이 기획했던 '주머니 속 시인들 시리즈'의 디자인으로, 오늘날에도 초판 당시의 모습을 유지하고 있다. 공개 낭송 뒤 여러 곳에서 출판 제안을 받았던 긴즈버그는 호화 한정본을 거절하고 이 시리즈를 택했다고 한다.

오늘날 〈울부짖음〉 못지않게 유명해진 다섯 편의 시들(〈캘리포니아의 슈퍼마켓〉부터 〈그레이하운드 수화물 보관소에서〉까지)은 각기 독립적이면서도 〈울부짖음〉을 보완하는 역할을 하고 있다. 시인 메리 올리버가 '눈부신 알프스와 작은 구릉들'이라 표현한 이런 배치는 그의 시적 스승 월트 휘트먼의 〈풀잎Leaves of Grass〉이 취한 형식이기도 하다. 그는 책 곳곳에서 휘트먼을 패러디하고 있는데, 슈퍼마켓이나 수화물 보관소에 있는 사물들을 길게 나열함으로써 휘트먼의 미국에 현대의 풍경을 연결하고 있다. 〈해바라기 경전〉역시 그에게 환각으로 나타났던 19세기 시인 윌리엄 블레이크의 〈병든장미The Sick Rose〉를 염두에 둔 것이다. 긴즈버그에게 부둣가의 죽은 해바라기는 블레이크의 '병든 장미'와 같은 것이다.

네 편의 초기시(〈아스포델〉부터 〈실재의 배후에서〉까지)는 긴즈버그가 〈울부짖음〉 이전까지 짧은 호흡과 전통적 운율을 따르던 시인이었음을 보여준다. 〈울부짖음〉은 보통 격렬한 저항의 시로 부각된다. 하지만 이 시는 '남루하고 고단한 겉모습 안에 담긴 신성'을 다양한 풍경으로 표현하는 시이기도 하다. 긴즈버그는 정신병원부터 뉴욕의 고층 빌딩들, 미국이라는 나라까지 모든 것을 비판한다. 하지만 동시에 자기 안으로 끌어안거나 동일시하며 함께 신성을 깨달아야 할 대상으로 여긴다. '스스로를 잊어버린 세상을 일깨운다.'는 관점, 어떤 면에서 불교적이기도 한 이 태도는 '비트세대' 작가들이 공유하는 특유의 세계관이기도 하다. '비트'라는 단어에는 '탈진하다'는 뜻의 '비트Beat'와 '신의 축복을 받았다'는 뜻의 '비티튜드Beatitude'가 함축되어 있다. 당시의 언론이 비트 작가들의 수염이나 옷차림, 히치하이킹 등의 이미지를 조합해 '비트닉Beatnik'이란 신조어를 유행시키거나 '보헤미안' 정도로 그 의미를 축소시켰을 때, 비트 작가들이 반박한 것은 이러한 세계관 때문이기도 하다.

작가에 의하면 〈울부짖음〉의 각 행은 한 번의 호흡으로 읽을 수 있도록의도되었다고 한다. 쉼표가 거의 없는 문장들은 끊어 읽는 부분에 따라

다른 의미로 읽히기도 하는데, 낭송할 때의 리듬이 쉼표 역할을 해준다. 원문으로 읽는 독자들은 사전적 의미뿐 아니라 시인이 직접 여러 장소에서 낭송한 녹음들을 참고하면 도움이 될 것이다.

비약과 생략은 긴즈버그가 잘 쓰는 기법이다. 생뚱맞은 단어들을 별 설명 없이 붙여놓거나('수소 주크박스'), 단어들을 뒤섞어놓는 것('방에서 면도도 하지 않은 채'라고 했던 초고 문장을 '면도도 안 된 방'으로 고친 예)은 그가 시어로 충격 효과를 내기 위해 쓴 방법들이다. 〈울부짖음〉에 등장하는 '안구의 경련eyeball kicks'이라는 단어 역시 갑작스런 비약, 장면 전환을 지칭하는 긴즈버그만의 용어다. 그는 세잔의 그림을 보던 중 갑자기 다른 색으로 시선을 돌릴 때 눈에 경련이 이는 것에서 이 기법과 이름을 착안했다고 한다. 긴즈버그의 시는 즉흥적이고 난해하며 전위적인 이미지를 띠고 있지만, 명확한 주제에 연극과도 같은 구성, 자잘한 유머들을 담고 있기도 하다. 초현실적인 단어로 보이는 것들 역시 많은 부분 실화를 압축한 것이다. 오늘날에는 〈울부짖음〉의 각 행이 누구의 일화인지 많은 부분이 공개되어 있다. 행마다 긴 주석을 달고 싶은 욕심이 있었지만, 이 시가 애초에 설명 없이 낭송해도 무리 없었던 시였다는 점을 감안해 최소한으로 제한했음을 밝힌다.

참고도서 : <I Celebrate Myself : The Somewhat Private Life of Allen Ginsberg>, Bill Morgan, 2007, Penguin Books.

앨런 긴즈버그 연보

* '처음 만남'이라고 표기된 인물들은 이후 긴즈버그와 지속적으로 교류한 '비트 세대'의 대표적인 작가들이다.

1926 6월 3일, 미국 뉴저지주 뉴와크에서 러시아에서 이주해 온 유태인 집안의 두 형제 중 막내로 태어남.

1932 어머니 나오미 긴즈버그의 정신분열증이 심해짐. 친척집을 자주 오가며 지내기 시작함.

1933 시인이자 고교교사였던 아버지 루이스 긴즈버그의 재정상태가 대공황의 여파와 병원비 때문에 어려워짐.

1940 지역 신문에 고교생활 이야기를 연재하며 원고료를 받음.

1941 교사를 통해 처음 월트 휘트먼의 시를 접함.

1942 고교생으로 민주당 하원후보 선거운동에 참여.

1943 이스트사이드 고교 졸업. 콜롬비아 대학 입학. 루시엔 카와 윌리엄 S. 버로스를 처음 만남.

1944 잭 케루악 처음 만남.

1945 기숙사 창문에 외설스런 낙서를 해 제적당함. 돈벌이를 위해 상선에 취업.

1946 닐 캐서디 처음 만남.

1947 상선에 취업해 다카르에 다녀옴.

1948 윌리엄 블레이크의 시를 읽던 중 시인의 목소리를 듣는 환각을 체험함.

1949 콜롬비아대학 졸업. 친구의 절도사건에 연루되어 구속, 뉴욕주 정신병원 입원 조건으로 풀려남. 입원 중 칼 솔로몬 처음 만남.

1950 정신과 상담을 받으며 신문사 등에서 일함. 존경하던 시인 윌리엄 카를로스 윌리엄스를 만나 조언을 듣기 시작함.

1951 그레고리 코르소 처음 만남.

1953 쿠바와 멕시코 마야 유적 여행.

1954 샌프란시스코에 머물며 지역 시인들과 교류. 평생의 동반자가 될 피터 오를로브스키 만남.

1955 로렌스 펄링게티, 게리 스나이더 만남. 〈울부짖음Howl〉의 초고를 집필. '식스 갤러리'에서 낭송해 호평을 거둠.

1956 첫 시집 〈울부짖음 그리고 또 다른 시들〉 출간. 어머니, 정신병원에서 사망. 〈울부짖음〉이 외설물로 소송을 당함.

1957 모로코에서 버로스의 〈네이키드 런치Naked Lunch〉 편집을 돕고, 파리로 가 동료들과 머물며 창작. 미 세관이 〈울부짖음〉 2쇄를 압수하고 발행인 펄링게티를 구속. 10월에 무죄 선고.

1958 뉴욕으로 돌아옴. 어머니에 대한 기억을 담은 〈카디쉬Kaddish〉 탈고.

1959 단편영화 〈풀 마이 데이지Pull My Daisy〉에 출연. 잡지 「비티튜드 Beatitude」 창간.

1960 LSD를 옹호한 심리학자 티모시 리어리 만남.

1961 시집 〈카디쉬 그리고 또 다른 시들Kaddish and Other Poems〉, 〈텅 빈 거울 Empty Mirror〉 출간. 프랑스와 모로코 여행.

1962 오를로브스키와 인도 여행. 벵골 지역 시인들과 달라이 라마 등을 만남.

1963 태국과 베트남, 일본을 거쳐 귀국. 시집 〈리얼리티 샌드위치Reality Sandwiches〉, 버로스와의 편지를 모은 〈야헤 서간집Yage Letters〉 출간.

1964 밥 딜런과의 친분이 시작됨. 검열과 영업정지 등으로 탄압받는 뉴욕 전위예술계를 도움.

1965 공산국가인 쿠바, 체코슬로바키아, 러시아 방문. 작가들과 젊은이

들의 환대와 당국의 추방이 반복됨. 영국에서 〈국제 시의 화신〉 행사 주도.

1966 여러 낭송회와 약물 관련 토론회에 초청을 받고 청중은 계속 늘어남.

1967 히피세대의 첫 등장을 알린 〈휴먼 비 - 인〉 행사를 주도. 시와 만트라를 낭송. 이후 반전, 민권 집회에 활발히 참여하기 시작.

1968 시집 〈행성 뉴스Planet News〉 출간. 닐 캐서디 사망. 68혁명의 상징적 사건인 시카고 민주당 전당대회 소요사태를 막기 위해 7시간 반 동안 만트라를 낭송.

1969 잭 케루악 사망.

1971 친구이자 영적 스승이 될 라마 초감 투룽파를 처음 만남.

1972 시집 〈분노의 문Gates of Wrath〉, 〈철마Iron Horse〉 출간.

1973 시집 〈미국의 몰락The Fall of America〉 출간.

1974 〈미국의 몰락〉으로 전미도서상 수상. 초감 투룽파의 권고로 나로파 대학에 창조적 글쓰기 과정인 '잭 케루악의 육체를 벗어난 시학을 위한 시 학교' 설립.

1975 시집 〈첫 블루스First Blues〉, 〈슬픈 먼지의 영광Sad Dust Glories〉 발간.

1978 시집 〈영혼의 숨결Mind Breaths〉 출간.

1979 국립예술클럽에서 금메달을 받고, 미국 문예아카데미 회원으로 취임.

1981 시집 〈플루토니언 송가Plutonian Ode〉 출간.

1982 펑크록 밴드 '클래시'와의 공연 때 낭송한 반야심경이 밴드의 곡 〈게토 디펜던트 Ghetto Defendant〉에 삽입됨.

1984 〈시선집Collected Poems : 1947 - 1980〉 출간.

1985 평생 찍어온 사진들로 뉴욕에서 첫 사진전.

1986 시집 〈하얀 수의의 시들White Shroud Poems〉 출간.

1993 프랑스 문부성으로부터 슈발리에 훈장을 받음.

1994 〈코스모폴리탄식 인사의 시들Cosmopolitan Greetings Poems〉 출간.

1996 시집 〈깨우친 시들Illuminated Poems〉 출간. 샌프란시스코의 서점 '북스미스'에서 마지막 낭송.

1997 (71세)마지막 시 '이제는 하지 않을 일들(향수)Things I'll NotDo (Nostalgias)' 씀. 4월 5일 간암으로 사망.